CATALOGUE

DE

TABLEAUX

Anciens et Modernes

DES ÉCOLES

Hollandaise, Flamande, Française et Italienne

AQUARELLES, PASTELS ET DESSINS

DONT LA VENTE AURA LIEU

HOTEL DROUOT, SALLE N° 11

Le Lundi 16 Novembre 1896

à 2 heures 1/2

<div style="text-align:center">~~~~~~~~~~~~~~~~~</div>

COMMISSAIRE-PRISEUR	EXPERTS
Mᵉ PAUL CHEVALLIER	**MM. FÉRAL Père & Fils**
10, rue Grange-Batelière, 10	54, Faubourg-Montmartre, 54

Chez lesquels se trouve le présent Catalogue

<div style="text-align:center">~~~~~~~~~~~~~~~~~</div>

EXPOSITION PUBLIQUE

Le Dimanche 15 Novembre 1896

DE 1 HEURE 1/2 A 5 HEURES 1/2

CONDITIONS DE LA VENTE

Elle sera faite au comptant.

Les acquéreurs payeront *cinq pour cent* en sus des adjudications.

Paris. — Imp. de l'Art, E. Moreau et Cie, 41, rüe de la Victoire.

VENTE DU LUNDI 16 NOVEMBRE 1896

HOTEL DROUOT SALLE N° 11

à 2 heures 1/2

TABLEAUX

Anciens et Modernes

AQUARELLES, PASTELS & DESSINS

EXPOSITION PUBLIQUE

LE DIMANCHE 15 NOVEMBRE 1896

DE 1 HEURE 1/2 A 5 HEURES 1/2

COMMISSAIRE-PRISEUR	EXPERTS
Mᶜ PAUL CHEVALLIER	**MM. FÉRAL Père & Fils**
10, rue Grange-Batelière, 10	54, Faubourg-Montmartre, 54

DÉSIGNATION

TABLEAUX ANCIENS

ASCH (Jean Van)

1 — *Paysage ; effet de soleil couchant.*

Au premier plan, deux personnages ; dans le fond,
un village.

BECK (Christian)

2 — *Vanitas.*

Signé en toutes lettres.
(Provenant de la Collection de M. Paul Mantz.)

BELLINI (École de Giovanni)

3 — *La Vierge et l'Enfant Jésus.*

BELLINI (École de Giovanni)

4 — *Sujet religieux.*

Au centre, le Christ en croix, la Vierge évanouie
et secourue par sainte Élisabeth.
Sainte Madeleine agenouillée regarde le Christ.
Sur les côtés, saint Jean et Joseph d'Arimathie.
Belle et intéressante peinture.
Fond de paysage.

BERGHEM (Genre de N.)

5 — *Paysanne gardant des bestiaux.*

(Provient de la Collection Thoré Burger.)

BIBBIENA

(DEUX PENDANTS)

6 — *Palais à colonnes.*

Fontaines et personnages au premier plan.

BOTH (André)

7 — *Chevaux à l'abreuvoir.*

Bon tableau sur bois, d'un coloris chaud et vaporeux.

BOUCHER (Attribué à F.)

8 — *Bergère assise au pied d'un arbre.*

Pastel.

BOUCHER (D'après F.)

9 — *Nymphe et amour.*

BRIL (Paul)

10 — *Le Colisée.*

      Au premier plan, des personnages et des animaux.

BUDELOT et DE MARNE (Attribué à)

11 — *Paysage avec figures et animaux.*

CANO
(Attribué à ALONZO)

12 — *Saint personnage tenant un Christ.*

CASTELLI (Valerio)
(DEUX PENDANTS)

13 — *Esther et Assuérus.*

    Salomon et la reine de Saba.

CERQUOZZI
(Dit MICHEL-ANGE DES BATAILLES)

14 — *Fruits au pied d'un vase de pierre.*

CHALLE (Genre de)

15 — *Manon Lescaut.*

CHARLET (Genre de)

16 — *Napoléon Ier*.

CRÉPIN

17 — *Cascade dans les rochers.*

Signé à droite.

CRESPI

18 — *Le Satyre chez les paysans.*

DAVID (École de Louis)

19 — *Jeune homme mourant.*

EKELS

20 — *Maison hollandaise au bord d'un canal.*

FABRITIUS (Martin ?)

21 — *L'Ane de Balaam.*

Signé et daté.

(Provenant de la Collection Thoré Burger.)

GILLIG

22 — *L'Adoration du veau d'or.*

Bon tableau, provenant de la *Collection Thoré Burger.*

GOYEN (Jan Van)

23 — *Les Dunes de Scheveningen.*

> Sur les bateaux et au premier plan, des personnages et animaux.

GRANET (Genre de)

24 — *Femme dans une cave.*

HALS (Dirck)

25 — *Femme tenant un verre.*

> Charmant petit tableau d'un joli effet de lumière. Signé du monogramme et daté 1636.

HONTHORST (Attribué à Gérard)

26 — *Le Concert ; effet de lumière.*

HOOG (Pierre de)

27 — *La Consultation.*

HOREMANS

28 — *Intérieur de maison hollandaise.*

HUE (J. F.) (Élève de Vernet)

29 — *Une Église de campagne.*

> Signé.

HUYSMANS (Attribué à)

30 — *Paysage accidenté avec cours d'eau et personnages.*

HUYSUM (Attribué à Jean Van)

31 — *Fruits dans une corbeille posée sur une console
de marbre.*

HUYSUM (Attribué à Jean Van)

32 — *Fleurs et nid d'oiseau posés sur une table de
marbre.*

KEYSER (Genre de Th.)

33 — *Femme debout tenant une fleur.*
(*Provient de la Collection Thoré Burger.*)

LERICHE

34 — *Fleurs dans un vase.*
Signé et daté.
Fixé de forme ronde.

MARATTA (Attribué à Carlo)

35 — *La Vierge, l'Enfant Jésus et le petit saint
Jean.*
Ovale.

MICHEL (George)

(DEUX PENDANTS)

36 — *Paysages avec figures et animaux.*

MICHEL (George)

37 — *Bord de rivière; effet d'orage.*

Vigoureux paysage.

MOLENAER

38 — *Concert rustique dans un intérieur hollandais.*

Monogramme V. W.

39 — *Intérieur en ruine et cours d'eau.*

OUDRY (Attribué à J. B.)

40 — *Fruits et perdrix dans une niche de pierre.*

OUDRY (Genre de J. B.)

41 — *Berger et animaux auprès d'une chaumière.*

PALAMÈDES

42 — *Le Jeu de Colin-Maillard.*

Bon et intéressant tableau de l'artiste.

PEYROTTE

43 — *Singes jouant aux dés.*

REMBRANDT (Attribué à)

44 — *Paysage.*

Le premier plan dans l'ombre; à droite, un massif de grands arbres; au second plan, un cours d'eau, des constructions et des collines éclairées par un vif rayon de soleil.

Très intéressant tableau, d'un effet remarquable, — largement exécuté.

Il a fait partie de la *Galerie du Marquis de Pastoret* et provient de la *Collection de Thoré Burger, le critique d'art*, qui le considérait comme une œuvre de Rembrandt et qui le fit graver à l'eau-forte, par Charles Jacque, en 1846.

REMBRANDT (D'après)

45 — *Femme coiffée d'une toque.*

Toile ovale.

RESTOUT

46 — *Jésus chez Marthe et Marie.*

Bon tableau, signé à droite.

ROOS DE TIVOLI

47 — *Chèvres et chiens au repos.*

RUYSDAEL (D'après Jacque)

48 — *La Chaumière; effet d'orage.*

SPRANGER (Barthélemy)

49 — *Loth et ses filles.*

Ils sont à l'entrée d'une grotte, placés autour d'une table chargée de fruits et de gâteaux.

Loth tient un verre et se dispose à boire.

Très beau tableau de l'artiste.

Il a été gravé.

Cadre en bois sculpté.

(Provient de la Vente Hulot.)

STEEN (Jan)

50 — *La Promenade du bœuf gras.*

Le bœuf passe sur un pont conduit par une joyeuse compagnie.

Bon tableau, d'un ton chaud, peint sur bois.

(Provenant de la Collection Thoré Burger.)

VALLAYER COSTER (Attribué à Mme)

51 — *Fleurs dans un vase.*

VESTIER (Genre de)

52 — *Portrait de jeune femme tenant une rose.*

VINCKEBOONS (David)

53 — *Vue de Hollande.*

Au centre, un château au milieu d'une rivière ; sur le devant, un petit pont.

A gauche, de nombreux personnages prenant leur repas ou dansant.

Curieux tableau d'une remarquable finesse.

ÉCOLE ANGLAISE

54 — *Portrait d'homme.*

Vu de profil. Toile ovale.

ÉCOLE FRANÇAISE (xviie siècle)

55 — *Jeanne d'Albret et Henri IV enfant.*

ÉCOLE FRANÇAISE (xviiie siècle)

(DEUX PENDANTS)

56 — *Portrait d'homme et portrait de femme.*

ÉCOLE FRANÇAISE

57 — *Bacchante endormie.*

ÉCOLE FRANÇAISE

58 — *Portrait d'homme en habit bleu. Costume du Directoire.*

ÉCOLE ITALIENNE

59 — *La Mise au tombeau.*

ÉCOLE ITALIENNE

60 — *Saint Sébastien.*

Vu en buste.

ÉCOLE VÉNITIENNE

61 — *La reine de Saba devant le roi Salomon.*

TABLEAUX MODERNES

AROSA (Mlle)

62 — *Bouton de rose.*

BONNEFOY (Henri)

63 — *Le Moulin.*

BOUCHEZ

64 — *Plage à marée basse.*

BRIELMAN

(DEUX PENDANTS)

65 — *Griffon et chien de chasse.*

BRISSOT (F.)

66 — *Paysage marécageux avec villageois.*

CARRIER

67 — *Le Jardin.*

COIGNET (Jules)

68 — *Les Bords du golfe de Naples.*

COLLIN

69 — *Portrait d'homme.*

Assis sur un rocher au bord de la mer.
Signé et daté 1833.

COURBET (Gustave)

70 — *Kiosque dans un parc.*

Signé du monogramme.

COURBET (Gustave)

71 — *Cours d'eau dans un parc.*

COURBET (Attribué à G.)

72 — *La Remise des cerfs.*

DEVEDEUX

73 — *Sujet oriental.*

DIAZ (Attribué à N.)

74 — *Chiens au repos.*

Étude.

DIAZ (Genre de N.)

75 — *Femme arabe et son enfant.*

DUBAUD

76 — *Petite paysanne étudiant sa leçon.*

DUMOULIN (Louis)

77 — *Le Louvre et la place du Carrousel.*

DUMOULIN (Louis)

78 — *Plage à marée basse.*

FAUVELET (Jean)

79 — *Jeune femme assise.*

GAILLARD

80 — *Portrait de jeune femme.*

GLAISE (Léon)

81 — *Tête de jeune fille.*

GELDER (E. Van)

82 — *L'Amateur de tableaux.*

Signé à gauche.

HARDING

83 — *Tête de chien bull.*

LAVIEILLE (Eug.)

84 — *Paysage.*

MOLYN (Pierre-Marius)

85 — *Paysans romains réfugiés dans les catacombes.*

MONGODIN

86 — *Les Saltimbanques.*

Esquisse.

MONTICELLI (Attribué à)

87 — *Trois jeunes femmes causant.*

MURATON (Mme Euph.)

88 — *Grenades dans un plat.*

NOEL (Jules)

89 — *Plage à marée basse.*

OCHOA (R. de)

90 — *Jeune femme tenant un bouquet de fleurs.*

OCHOA (R. de)

91 — *Les Chanteurs espagnols.*

PALERS

92 — *Le Berger.*

PÉTILLION

93 — *Bord de rivière.*

PILS (J.)

94 — *Zouave quittant le camp.*

Esquisse.

ROUSSEAU (Genre de Th.)

95 — *Paysage.*

Étude.

THOLER

96 — *Champignons et radis sur une table de cuisine.*

THOMPSON

97 — *Animaux au pâturage.*

TROUILLEBERT

98 — *Paysage.*

Étude. — Signé.

VERESHAGINE

99 — *Maison arabe.*

VERNIER (Émile)

100 — *Une Cour de ferme.*
Signé.

VERNIER (Émile)

101 — *La Chaumière.*

VERNIER (Émile)

102 — *Mer houleuse.*

VERNIER

103 — *Un Coin de Fontarabie.*

VUILLEFROY (F. de)

104 — *Chiens de chasse.*

VUILLER (G.)

105 — *Les Bords d'un lac; effet de soleil levant.*

ÉCOLE MODERNE

106 — *Le Lac du bois de Boulogne.*

ÉCOLE MODERNE

107 — *Les Naufragés.*

ÉCOLE MODERNE

108 — *Chiens abandonnés : effet de neige.*

AQUARELLES

PASTELS ET DESSINS

CAGNIART

109 — *Allée dans un parc.*
   Pastel.

CAGNIART

110 — *Rochers dans la forêt de Fontainebleau.*
   Pastel.

DELACROIX (Eugène)

111 — *Page tenant un cheval.*
   Aquarelle.

HALS (D'après FRANS)

112 — *Portrait de femme assise.*

Aquarelle.

HUET (J.-B.)

113 — *Bergers conduisant des bestiaux.*

Important dessin. — Plume et sépia. — Signé à gauche.

OCHOA (R. de)

114 — *Jeune femme tenant une fleur.*

Pastel.

TUSQUETZ

115 — *Maisons de villageois aux environs de Rome.*

Aquarelle signée et datée 1872.